La grotte de la déesse

Une histoire écrite par
Nancy Montour
et illustrée par
Jared Karnas

Merci à Patrick Maltais, guide à la grotte de Saint-Elzéar, en Gaspésie.
Nancy
À tous les jeunes explorateurs et autre
Jared

cheval
masqué

D1270114

Catalogage avant publication de Bibliothèque et Archives nationales du Québec et Bibliothèque et Archives Canada

Montour, Nancy

La grotte de la déesse

(Cheval masqué. Au galop)
Pour enfants de 6 ans et plus.

ISBN 978-2-89579-517-9

I. Karnas, Jared. II. Titre. III. Collection : Cheval masqué. Au galop.

PS8576.O528G762 2014   jC843'.6   C2013-942463-6
PS9576.O528G762 2014

Ce texte a été publié la première fois dans le magazine *J'aime Lire* en novembre 2011.

Dépôt légal – Bibliothèque et Archives nationales du Québec, 2014
Bibliothèque et Archives Canada, 2014

Direction : Thomas Campbell, Gilda Routy
Révision : Sophie Sainte-Marie
Graphisme : Janou-Ève LeGuerrier

© **Bayard Canada Livres inc. 2014**

Nous reconnaissons l'aide financière du gouvernement du Canada par l'entremise du Fonds du livre du Canada (FLC) pour des activités de développement de notre entreprise.

Conseil des Arts   Canada Council
du Canada   for the Arts

Bayard Canada Livres inc. remercie le Conseil des Arts du Canada du soutien accordé à son programme d'édition dans le cadre du Programme des subventions globales aux éditeurs.

Cet ouvrage a été publié avec le soutien de la SODEC. Gouvernement du Québec – Programme de crédit d'impôt pour l'édition de livres – Gestion SODEC.

Bayard Canada Livres
4475, rue Frontenac, Montréal (Québec) H2H 2S2
Téléphone : 514 844-2111 ou 1 866 844-2111
edition@bayardcanada.com
bayardlivres.ca

Imprimé au Canada

Offert en version numérique
978-2-89579-919-1
bayardlivres.ca

1

DEMAIN MATIN, 8 HEURES

Lorsque j'étais petit, mon père me racontait toujours la même histoire, celle d'un garçon curieux qui explorait des tunnels secrets. Maintenant que je suis plus grand, j'ai compris que mon père ne pense qu'à explorer des grottes. La spéléologie*, c'est sa passion.

* L'exploration des grottes.

Il y a justement une grotte dans les montagnes près de chez moi, ici, en Gaspésie. Descendre sous terre semble une expérience inoubliable, mais je sais que cela peut aussi devenir dangereux. C'est pour cette raison que Yoan accompagne toujours mon père dans ses explorations.

J'aimerais tellement faire partie de leur équipe. Je rêve de les accompagner dans leurs descentes. Je m'entraîne tous les jours à ramper sous le module de jeu de l'école. Mes copains me surnomment d'ailleurs « le ver de terre ».

J'ai tout essayé pour convaincre mon père de m'emmener, mais il ne change pas facilement d'idée.

De son côté, ma mère ne comprend pas tout ce que ces expéditions signifient pour moi. Elle pense que jouer dans un parc est aussi amusant. Elle se trompe.

Mon père est rentré tard presque tous les soirs de la semaine. Je crois que Yoan et lui ont découvert quelque chose d'extraordinaire. Les ossements d'un animal qui n'existe plus, peut-être…

Mon père a parlé à ma mère d'un lac fantôme. J'ai aussi vu des cartes anciennes sur son bureau. S'il en parle, c'est parce que c'est sérieux. Il a écrit un message sur le bloc-notes près du téléphone.

Cette fois, il ne partira pas sans moi.

2
LA LÉGENDE
DU LAC FANTÔME

Je suis caché dans la camionnette de mon père depuis un bon moment déjà. Derrière le siège du conducteur, il y a tout un bric-à-brac d'équipement. Je suis bien dissimulé sous des couvertures. Je regarde ma montre. Il est sept heures douze minutes.

Je sursaute lorsque mon père ouvre la portière. Il lance son sac à dos sur le siège du passager. Puis il s'installe derrière le volant. Ouf! nous voilà partis. Une fois dans la forêt, mon père sera bien obligé de m'emmener. Enfin, je l'espère…

Nous roulons maintenant sur un sentier forestier. J'ai mal partout, mais je n'ose pas bouger. Je suis brave.

Tout à coup, la camionnette s'arrête. Mon père retire un vieux livre de son sac. Il descend du véhicule en disant :

— Crois-tu vraiment à cette histoire de lac fantôme, Yoan ?

— Marc, tu sais comme moi que les anciennes légendes ont souvent un fond de vérité. Le passage est trop étroit pour un adulte. Nous aurons besoin de Josh pour cette découverte. Est-ce que sa mère est d'accord ?

— Je ne lui en ai pas encore parlé. Avant, il y a un truc que je voudrais vérifier…

Quoi! Ai-je bien entendu? Ils ont besoin de moi! C'est le bon moment pour sortir de ma cachette! Je repousse les couvertures et je me glisse hors de la camionnette. J'annonce sur un ton confiant:

— J'arrive!

Mon père me dévisage avec stupéfaction. Yoan sourit, puis il dit :

— Je vous laisse discuter un peu, tous les deux.

Mon père lance le bouquin sur son siège. Il est furieux, maintenant.

— Toi, bonhomme, tu n'iras nulle part ! Tu n'aurais pas dû te cacher comme tu l'as fait ! Tu restes dans la camionnette !

— Mais enfin…

— Josh ! crie mon père.

Il ouvre la portière du côté passager, saisit son sac, me pousse vers le siège et claque brutalement la porte de ma prison. Je regarde mon père s'enfoncer vivement dans la forêt.

Qu'est-ce qu'il lui prend? Je donne un coup de klaxon pour exprimer ma frustration. Yoan sursaute et il se tourne vers moi. Il secoue la tête pour me faire comprendre que je n'ai plus qu'à attendre.

Après un moment, je remarque le livre. Je le feuillette. Ce sont de vieilles légendes autochtones. Yoan en connaît plusieurs. Mon père a placé un bout de papier entre deux pages qui racontent l'histoire d'une déesse.

Elle fit apparaître un lac dans les montagnes par une chaude nuit d'été afin d'abreuver la forêt qui se des- séchait cruellement. Tous les animaux s'étaient ras- semblés autour du lac pour s'y désaltérer. La déesse était heureuse de les voir boire paisiblement cette eau sur laquelle dansait le reflet des étoiles. C'est alors qu'elle aperçut un jeune chasseur. La déesse fit disparaître le lac aussitôt, car elle comprit qu'elle mettait en danger la vie de ses protégés. Elle ne se pardonna jamais cette erreur et elle se réfugia dans une grotte inconnue, qu'elle ne quitta plus.

Est-ce que mon père et Yoan pensent avoir trouvé cette fameuse grotte?

Soudain, le bruit d'un moteur me réveille. On dirait que je me suis endormi. Yoan me salue de la main avant de partir. Je boucle ma ceinture de sécurité et j'attends.

Mon père monte dans la camionnette sans prononcer un mot. Il démarre à son tour. Nous roulons en silence vers la ville. Au lieu de se rendre directement à la maison, mon père se gare devant la librairie.

— Lorsque j'ai téléphoné à ta mère pour la prévenir de ta bêtise, elle m'a dit que le livre que tu as commandé est arrivé. Viens.

— Papa, tu ne vas pas entrer dans la librairie habillé comme ça !

Mon père m'observe d'un air narquois et il me répond :

— Josh, le veux-tu, ce livre ?

Je suis certain qu'il fait exprès de laisser des traces de boue dans le stationnement. Il n'a même pas enlevé son bonnet de laine alors qu'on est en plein été des Indiens! Au moins, il n'a pas son sac sur le dos!

Je me dépêche de prendre mon livre afin de quitter la librairie le plus rapidement possible. Décidément, ce n'est pas une bonne journée. J'ai hâte de retrouver ma chambre pour lire mon nouveau bouquin. Je m'étonne que mon père n'ait pas encore démarré. Il semble hésiter.

Il est vraiment bizarre, aujourd'hui. Il s'appuie contre son siège et me demande :

— Josh, te souviens-tu de ce que je t'ai dit lorsque je t'ai expliqué la formation des grottes ?

— Euh, oui. C'est l'eau qui sculpte les grottes.

— En effet, poursuit mon père. L'eau de pluie traverse le sol et absorbe le gaz carbonique qui provient des plantes en décomposition. L'eau se transforme en acide et s'infiltre dans les cassures de la pierre. À cause de cette réaction chimique, l'eau peut dissoudre la pierre calcaire*.

* Roche blanchâtre.

J'ajoute :

— Ensuite, l'eau s'accumule et elle cherche un passage pour sortir.

— Exactement, continue mon père. C'est pour cette raison qu'il y a toujours de nombreuses galeries. Lorsque l'eau réussit à creuser un passage, la grotte se vide. L'eau rejoint souvent un lac ou une rivière. C'est à ce moment-là que tout s'effondre et que les salles se forment.

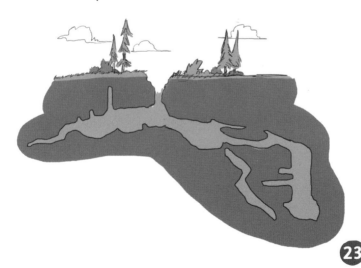

Mon père fait une pause. J'attends avec impatience qu'il m'annonce enfin qu'il a besoin de moi pour poursuivre ses recherches.

— Yoan et moi sommes persuadés qu'il existe une deuxième grande salle, cachée quelque part. Une ancienne légende parle d'un lac fantôme qui serait apparu comme par magie dans la montagne. Ce lac aurait aussitôt disparu. Si cette histoire est vraie, ce lac pourrait s'être formé lorsque l'eau a trouvé un passage, pour ensuite s'assécher complètement. C'est une piste intéressante. Nous avons découvert un passage très étroit qui pourrait conduire à l'entrée de cette salle, mais…

— Je suis d'accord. J'adorerais descendre avec vous ! Quand voulez-vous y retourner ?

Chapitre 3
UNE MISSION RISQUÉE

Près de l'entrée de la grotte, j'ai un peu peur. Je n'ai jamais vu mon père aussi sérieux. Il vérifie que mon casque, ma lampe frontale et mon harnais sont bien en place. Puis il descend le premier. Yoan, lui, m'attache solidement. Si je glisse, la corde me retiendra et je ne tomberai pas jusqu'au fond du puits. Ce trou est vraiment profond !

— C'est à toi, Josh, annonce Yoan. Vas-y lentement, mon grand. Ne regarde pas en bas.

J'ai peur de ce trou noir qui plonge sous la terre, mais je n'en parle pas. Je veux impressionner mon père. Alors je reste calme. Je respire profondément et je descends le long de l'échelle métallique.

Je me trouve un peu ridicule avec mes bas de laine, ma tuque et mes mitaines, mais la chaleur et la lumière diminuent tandis que je m'enfonce dans le puits.

Tout à coup, mes mitaines collent à l'échelle froide et humide. La peur me surprend. Est-ce que je descendrai encore longtemps ? Est-ce qu'il fera réellement aussi froid que dans un réfrigérateur ? Je continue petit à petit. Arrivé en bas, je suis fier de moi.

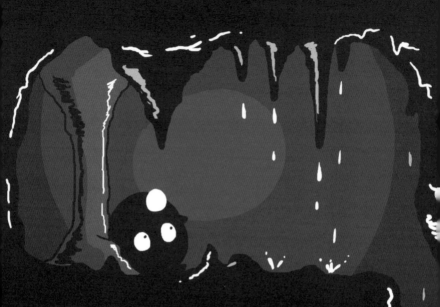

Je peux enfin observer cette grande salle dont mon père a tant parlé! Il y a des tas de roches ici et là, mais ce qui m'étonne le plus, c'est l'obscurité. Il fait terriblement noir. Je dois m'habituer à regarder uniquement dans le cercle de lumière de ma lampe frontale. J'entends le bruit des gouttes d'eau qui tombent, sauf que je n'en perçois aucune sur mon visage. C'est étrange.

Pendant que nous attendons Yoan, mon père me raconte que les premiers explorateurs de cette grotte ont découvert des milliers et des milliers d'ossements sur le sol. Impressionné, je lui demande :

— Où sont tous ces os, maintenant ?

— La plupart ont été volés. Il n'en reste que quelques-uns dans un musée, et celui-là.

Je m'approche d'un tout petit crâne. Mon père ajoute :

— Ce puits s'est ouvert il y a environ dix mille ans. Depuis, des bêtes sont tombées dans la grotte. Souvent, il s'agissait de souris, mais les premiers explorateurs ont aussi trouvé des ossements de gros mammifères comme des ours, des carcajous, des loups, des orignaux…

Aussitôt que Yoan nous rejoint, nous partons. J'adore escalader ces gros talus de pierres. Je me sens un peu comme un acrobate. Je suis vraiment content d'être ici, surtout lorsque mon père me sourit.

Nous arrivons devant une sorte de tuyau façonné dans la pierre. C'est ici que ma mission commence. Mon père s'accroupit en face de moi afin que je comprenne parfaitement ses instructions.

— Josh, si ça descend, tu n'y vas pas. Tu seras attaché à cet ancrage, mais je veux que tu sois très prudent. C'est clair?

— Oui, papa.

Je m'appuie sur les avant-bras et la pointe des pieds, puis je me faufile dans l'étroite galerie. Ça devient vite fatigant. Je pousse avec mes jambes en me contorsionnant comme un ver de terre. Je me retrouve bientôt à une intersection.

Qu'a dit mon père, déjà? Ah oui! D'être très prudent! Je tourne à gauche, car la galerie y est beaucoup plus large. Mais tout à coup, le tunnel se rétrécit et mon casque cogne contre la paroi rocheuse. Mon père m'appelle:

— Josh? Est-ce que ça va?

— La galerie se referme de ce côté, papa! Je vais retourner à l'intersection et essayer de l'autre côté.

Chapitre
4

ATTENTION :
ROCHER GLISSANT !

Appuyé sur les avant-bras, je me soulève en poussant avec les jambes pour reculer. Ensuite, je m'enfonce dans l'autre galerie, plus étroite. Je progresse rapidement. Un filet d'eau rend maintenant la roche glissante.

J'entends mon père qui s'inquiète :

— Ça va, Josh ?

— Oui, papa.

J'avance encore un peu. Je commence à glisser. J'essaie de me retenir quand, soudain, je me sens avalé. Je n'arrive plus à m'agripper. Ça y est! Je vais tomber.

La corde se bloque juste comme mes mains attrapent le vide. Ouf!

— Je l'ai trouvé, papa! J'ai trouvé le passage!

Je tremble. La voix de mon père résonne au loin :

— Josh! Est-ce que ça va?

— Oui. Je vois un talus de pierres. Je crois que je pourrai l'atteindre sans danger. Je vais relâcher légèrement la corde avec mon descendeur*.

J'appuie sur le levier de ce drôle de truc qui bloque la corde.

* Système de freinage posé sur une corde d'escalade ou de spéléologie.

Yoan dit :

— Josh, regarde bien… Vois-tu un autre passage plus grand ?

Je dirige le faisceau de lumière partout autour de moi. Je frissonne.

— Je ne vois pas le fond de cette salle. C'est tellement immense ! Je vais jeter un coup d'œil.

Je détache mon descendeur de la corde et je quitte mon perchoir malgré les appels répétés de mon père et de Yoan. Je descends prudemment. J'entends le murmure de l'eau qui s'écoule.

Je me rappelle alors les paroles de mon père : « L'eau cherche toujours un passage pour sortir. » Je ne pourrai pas me perdre. Je veux juste savoir s'il y a bel et bien une sortie ou un autre passage. C'est incroyable de réaliser qu'on est le tout premier humain à marcher sur ces rochers glissants, à scruter le plafond d'une nouvelle salle… De découverte en découverte, j'oublie tout le reste.

J'avance avec assurance jusqu'à ce que la paroi rocheuse de la grotte se referme à quelques pas devant moi. Je ne peux pas aller plus loin. L'eau s'écoule dans un tunnel. Derrière le mur, je distingue le bruit d'une chute. Il faut vite que je raconte tout cela à mon père.

En me retournant, le rayon de lumière de ma lampe frontale éclaire une forme sculptée dans une coulée de calcite*. Je m'approche pour mieux voir. J'aperçois la silhouette d'une petite fée. Elle est magnifique! Elle a des cheveux ondulés, un nez délicat, des orteils finement tracés et un sourire légèrement moqueur. La légende ne parlait-elle pas d'une déesse?

* Dépôt de calcaire dissous, qui peut former des pics qu'on appelle « stalactites » et « stalagmites ».

Je reviens rapidement sur mes pas. Alors que je grimpe sur le tas de pierres, j'entends la voix inquiète et furieuse de mon père :

— Josh ? Josh !

— Je suis là, papa. J'ai trouvé la…

Mais je ne termine pas ma phrase. Je crie :

— Papa !

Dans l'obscurité de la grotte, ma lampe s'est éteinte. Je ne vois plus rien. Vraiment rien de rien !

Chapitre 5
OPÉRATION SAUVETAGE

Mon père m'ordonne de ne pas bouger. Je reste immobile. Je n'ose même pas déplacer un pied. J'ai peur de glisser et de tomber du talus. J'ai les cuisses en feu et les mains glacées. Je pense à tous ces animaux qui se sont retrouvés prisonniers sous terre. C'est épouvantable d'attendre dans l'obscurité la plus totale.

Je me dis que la déesse protège peut-être vraiment cette salle et qu'elle veut empêcher les gens de la découvrir. J'ai très peur. Tout à coup, j'entends du bruit, là-haut, vers la gauche.  Je lève la tête et j'aperçois une lumière qui se balance dans le vide.

Mon père a réussi à me faire parvenir une deuxième lampe. Ouf! je sens le courage renaître en moi.

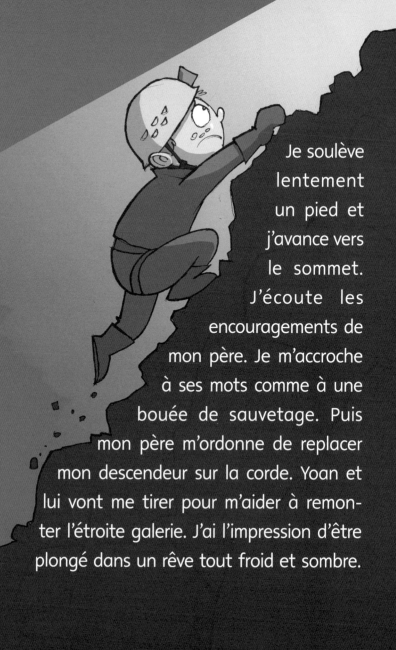

Je soulève lentement un pied et j'avance vers le sommet. J'écoute les encouragements de mon père. Je m'accroche à ses mots comme à une bouée de sauvetage. Puis mon père m'ordonne de replacer mon descendeur sur la corde. Yoan et lui vont me tirer pour m'aider à remonter l'étroite galerie. J'ai l'impression d'être plongé dans un rêve tout froid et sombre.

Mon esprit s'engourdit. Je n'ai plus d'énergie. Ensuite, je n'ai pas conscience de grand-chose. Mais lorsque mon père m'emmaillote dans une couverture chaude, je comprends qu'il me gronde :

— Tu n'aurais jamais dû te détacher, Josh ! C'était stupide et imprudent ! J'étais terriblement inquiet !

Mon père me porte dans ses bras robustes. Je me sens si fatigué. Est-ce que je vous ai dit que la forêt a une délicieuse odeur sucrée ? Je passerais chaque jour une heure sous terre juste pour avoir la chance de redécouvrir ce parfum. Mais je ne sais pas si je pourrai y retourner. Mon père a raison. J'ai commis une grave imprudence en me détachant.

Voici les livres AU GALOP de la collection :

Lesquels as-tu lus ? ☑

Yoan affirme que tout le monde se souviendra de moi, Josh le petit explorateur, celui qui est brave et courageux. Il dit qu'on racontera cette histoire dans des revues scientifiques ou même dans des livres. Je pourrai peut-être donner un nom à cette salle. Ce serait génial! Mon père, lui, n'ajoute rien. Il me serre très fort. Dans ses yeux, je vois à quel point je suis précieux.